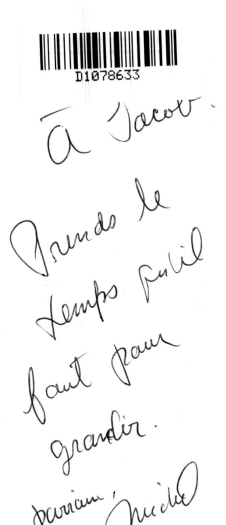

À Jacob.

Prends le temps qu'il faut pour grandir.

Ton parrain, Michel

Nous remercions le Conseil des Arts du Canada ainsi que la Société de développement des entreprises culturelles du Québec (SODEC) pour l'aide accordée à notre programme de publication. Nous reconnaissons l'aide financière du gouvernement du Canada par l'entremise du Programme d'aide au développement de l'industrie de l'édition (PADIE) pour nos activités d'édition.

Le Loup de Gouttière
347, rue Saint-Paul
Québec (Québec)
G1K 3X1
Téléphone : (418) 694-2224
Télécopieur : (418) 694-2225
Courriel : loupgout@videotron.ca

Dépôt légal - Bibliothèque et Archives nationales du Québec, 2006.
Dépôt légal - Bibliothèque et Archives nationales du Canada, 2006.
ISBN-10 : 2-89529-119-5
ISBN-13 : 978-2-89529-119-0
Imprimé au Québec

Michel Pirro

Le SECRET de 125

RÉCIT

Illustrations Michelle Dubé

Les petits loups

Les enfants, en général, ont très hâte de devenir grands. Moi, je m'étais juré de ne jamais me transformer en une de ces machines à mystère qu'on appelle un adulte. Et pourtant...

À Mirella et Raphaël.
Prenez tout le temps qu'il faut pour grandir.

À Catherine,
par qui le rêve est devenu réalité.

Il y a trois espèces d'hommes :
les vivants, les morts,
et ceux qui vivent en mer.

Ancien proverbe grec

WOUPS ! MON SAVON !

Sept heures le soir. L'eau du bain coule avec un bruit sourd. Je viens d'enlever le papier autour d'un nouveau pain de savon. Woups, mon petit chien, est tout énervé. Il bondit d'entre les pattes de la table du salon et court vers moi. Il tourne autour du savon et le renifle comme s'il s'agissait d'un os ou d'un biscuit. Puis, soudain, il me l'arrache des mains.

– Woupsie ! Donne ça ! Allez !

Ni mes mots doux ni mes menaces ne l'impressionnent. Je risque une main entre ses canines et récupère enfin mon bien. Je repousse la bête féroce et ferme la porte de la salle de bain. Une fois seul, j'examine la savonnette pour savoir ce qu'elle a de si spécial pour attirer les chiens comme ça. Ouache ! Le savon est plein de bave, avec de grosses traces de dents dessus ! Un petit frottage sous le robinet, et hop ! le voilà comme avant.

Ou presque. En y regardant de plus près, je m'aperçois que les marques laissées par Woupsie ressemblent à… des lettres. Des mots. Une phrase : MALHEUR À QUI EFFACERA CES MOTS…

Ces mots ? Quels mots ? Qu'est-ce que j'ai à voir avec ces mots-là, moi ? Et elle sort d'où, cette savonnette exotique ? Ça m'énerve, tout ça. Tout à coup, PLOUF ! le savon plonge dans l'eau chaude du bain.

C'est un de ces savons qui flottent. Sur son dos blanc, je peux très bien voir la phrase qui me nargue. Ballottée par les remous, elle disparaît sous la surface de l'eau. Réapparaît. Disparaît à nouveau, puis se remonte. Un peu plus ramollie chaque fois. Elle s'efface !

REPLOUF !

Cette fois, c'est moi qui plonge dans l'eau. J'essaie d'attraper l'objet par-devant, par-derrière, par-dessus, par-dessous. Par surprise. Rien ne réussit. La barre devient de plus en plus lisse. La phrase se transforme de plus en plus en mousse.

J'abandonne la partie. D'ailleurs, pourquoi m'énerver ? Il y a des bulles et de l'eau partout. À genoux dans la baignoire, je ris du petit bout de savon et de sa stupide inscription.

Mais je ne ris pas longtemps. Je soupire et cherche le savon des yeux. Où est-il au juste ? S'il n'est pas dans l'eau, il est forcément ailleurs dans la salle de bain. Je lève la tête et mon cœur fait une triple

vrille dans ma poitrine. Il n'y a plus de baignoire ! Plus de salle de bain ! À perte de
vue, il y a devant moi de l'eau, beaucoup
d'eau et, au-dessus, un ciel où flottent
quelques nuages sous un soleil éclatant. Une
étrange ligne bleue sépare ce spectacle en
deux.

L'été passé, je suis allé en camping au
bord de la mer et j'ai vu l'horizon. Ce n'était
pas comme cette ligne-là. Non. La ligne
d'horizon est plate... tellement qu'on ne la
voit même pas. Celle qui est devant moi est
toute en dents de scie. Je suis même certain
qu'elle me piquerait si je la touchais. C'est
plus fort que moi, j'avance la main...

– Bout du monde à tribord ! Bout du
monde à tribord !

Mon cœur fait de nouveau la culbute.
Le cri, déchirant, a retenti de si près ! Je n'ose
pas bouger.

– Bout du monde à tribord !

Je tourne la tête vers l'endroit d'où vient la voix. J'ai l'impression d'être une marmotte qui sort de son trou pour la première fois au printemps. La lumière me brûle les yeux. Quand je finis par m'y habituer, j'aperçois un magnifique trois-mâts, pareil à ceux des explorateurs espagnols dans notre livre d'histoire. À une différence près : celui-ci, toutes voiles dehors, fonce dans ma direction !

Même si le vaisseau est encore loin, j'entends la voix aussi clairement que si elle était dans ma propre tête. Elle multiplie les ordres. Les mots *bout de la Terre* et *fin du monde* reviennent souvent.

Je ne peux pas rester là, au milieu de nulle part ! Avec ce bateau qui fonce droit sur moi ! La panique m'envahit. Mon corps est tendu au point de se rompre. Quelque chose, soudain, quelque part en moi, se brise. PLING ! Ma tête, mes bras, mon ventre, mon cou, tous mes muscles se relâchent comme un vulgaire paquet d'élastiques. Dans tous les sens, toutes les directions ! En une fraction de seconde, je me retrouve projeté sur le pont du bateau !

J'atterris au milieu d'une étrange tempête. Autour de moi, des dizaines de silhouettes courent et s'affairent chacune à une tâche bien précise. Je n'arrive pas à saisir leurs contours. On dirait des tourbillons de poussière dans le vent. Je tends le bras et j'essaie d'en accrocher une au passage.

Yeurk ! Je vois une main poilue et osseuse qui agite ses ongles crasseux, comme si c'était la mienne !

Une silhouette m'effleure. Un marin peut-être. J'essaie de l'arrêter pour lui demander ce qui se passe. À nouveau, la grande main poilue fouille le vide en face de moi.

D'où sort-elle ? Et mes mains à moi, où sont-elles cachées ? Dans un réflexe nerveux, je me gratte le menton. J'y trouve plutôt une barbe ! Ma barbe ? Épouvanté, je laisse retomber le bras. Un long bras qui, dans sa chute, frappe une sorte de roue. La main se referme dessus, instinctivement.

Je jette un coup d'œil aux alentours. Non, il n'y a plus de doute possible : me voici à la barre du mystérieux vaisseau !

SAUVÉ PAR L'ABEILLE

Mes nouvelles mains tiennent la barre et la manœuvrent avec assurance. Heureusement, sinon je me mettrais à hurler ! Mille questions assaillent mon cerveau. Toutes en même temps. La tête me tourne. Les ombres courent toujours, partout autour de moi. Je m'entends crier des ordres que je ne comprends même pas. Un bourdonnement emplit mes oreilles.

De la gomme. Il me faut de la gomme à mâcher. C'est la seule manière de me calmer. D'habitude, j'en ai toujours dans ma poche. Sans trop y penser, je plonge la main dans celle, étrangement profonde, de mon nouveau costume. Il n'y a pas de gomme, mais plutôt un bout de papier jauni, plié en quatre. Je voudrais bien l'ouvrir, mais ma grande main se resserre dessus et refuse net d'obéir. Le papier retourne dans ma poche. Têtue, la main reprend sa place sur la barre.

Je recommence à vociférer dans une langue que je comprends à moitié. Toujours cette histoire de bout du monde… Mais ça ne veut rien dire, le bout du monde ! Ça n'existe pas ! C'est scientifiquement prouvé, tout le monde le sait. Bon, d'accord. Autrefois, les gens croyaient que la Terre était plate. Mon prof me l'a raconté. Ils pensaient que s'ils s'approchaient trop de la ligne de l'horizon, ils finiraient par tomber au bout du monde. Dans le vide. Heureusement, aujourd'hui, plus personne ne croit à ces fariboles !

Sauf que…

Le temps n'est plus aux questions. À ma gauche, une vague gigantesque s'élève et dépasse la mâture. Le navire se met à tanguer de façon affolante. On dirait que quelqu'un vient d'enlever le bouchon au fond de l'océan. Un courant irrésistible nous entraîne. Je m'agrippe à la barre de toute la force de mes deux mains moites de sueur. Peu importent mes ordres et mes manœuvres, l'horizon ouvre ses mâchoires en dents de scie pour nous avaler !

Mais juste au moment où nous allons être engloutis, le navire sursaute. Il se réveille et refuse de sombrer. Soulevé comme une plume par une force invisible, il se met à remonter l'entonnoir infernal. Et, au lieu de sombrer corps et biens, il s'envole !

C'est incroyable ! Nous voguons dans les airs... Notre vitesse doit sûrement se situer quelque part entre celle de la lumière et celle du son. Ah ! Si seulement mon chien était là... Woups adore laisser flotter ses oreilles au vent à la fenêtre de l'auto !

Le bateau finit par perdre de l'altitude. Au bout de quelques minutes (ou de quelques heures, je ne sais plus), il se pose enfin. Tout en douceur.

Je suis soulagé. Mon cœur a cessé son solo de batterie. Mais je me rends compte que je suis fatigué... Je devrais sans doute être déjà au lit. Les paupières lourdes, je donnerais toutes mes cartes de hockey cybernétique (sauf celle de K. C. Bunter, bien sûr...) pour me reposer un peu. Le soleil est cependant encore haut dans le ciel. Et mes mains ne veulent pas lâcher la barre.

Ma tête bourdonne encore. Le nez me chatouille. Je lève ma main pour le gratter quand soudain j'y découvre une abeille, perchée tout au bout !

– Bonjour ! dit-elle, tout en fermant ses ailes.

Je ne réponds pas. Que voulez-vous répondre à une abeille qui vous dit bonjour ?

– Tu devrais me remercier, continue l'insecte. Sans moi, ton galion ne serait plus qu'un tas de miettes au fond de l'océan.

J'aime cette façon qu'elle a de parler. Sa présence sur mon nez est comme une caresse. Elle danse des pattes, roule les ailes, agite ses antennes... et, chose merveilleuse, je comprends tout. Mais je n'arrive toujours pas à lui répondre. Cela n'empêche pas ma minuscule interlocutrice de poursuivre :

– Je m'appelle 125, messagère de la reine Fana.

Elle arrête de bouger. Il est clair qu'elle attend une réponse de ma part.

– Enchanté ! Mon nom est...

Le reste de la phrase se coince dans ma gorge. C'est le son de ma propre voix qui m'a coupé la parole. Oui, je m'appelle François Côté. Mais François Côté n'a pas cette voix caverneuse à faire peur. Il n'a pas de barbe, ni de mains poilues et osseuses. Il ne porte pas un vieil uniforme malodorant, grisâtre et élimé, cousu avec du gros fil et de gros boutons. François Côté devrait être chez lui, dans son lit, en train de compter ses derniers moutons. Il ne devrait surtout pas être aux commandes d'un galion espagnol, sauvé *in extremis* par une force invisible d'une fin horrible au bout du monde.

– Ton nom est Karango, je sais, déclare l'abeille.

– Karan... quoi ?

– Ka-ran-go ! Le capitaine au long cours, bien sûr ! précise-t-elle, sur un ton qui ne laisse aucune place à la discussion.

125 quitte le bout de mon nez. Elle se met à voleter autour de moi. Elle cabriole tel un papillon. Elle m'invite à la suivre des yeux. Tandis qu'elle se pose ici, puis là, je découvre pour la première fois ma nouvelle demeure. Une vision inoubliable s'offre

alors à mes yeux. De la poupe à la proue, de la quille au grand mât, le bâtiment tout entier est fait de verre ! À certains endroits, avec les reflets du soleil, on jurerait qu'il a été taillé dans l'or massif. Ses trois mâts sont si hauts qu'ils touchent le ciel. Ses voiles en dentelle respirent comme d'immenses poumons. Quand je baisse les yeux, d'obscures couleurs, sous mes pieds, révèlent la profondeur de la mer. Je devine que le navire transporte entre ses flancs une mystérieuse cargaison... À la façon dont elle miroite, il s'agit d'un trésor, assurément !

J'écarquille davantage les yeux. Quelque chose me surprend plus encore. C'est le silence qui règne à bord. Autour de moi, c'est le vide total. Tout cet équipage d'ombres à qui je donnais des ordres depuis tout à l'heure ? Toute cette agitation qui faisait tant de tapage ? Moussaillons, matelots, capitaine ? Eh bien, il semblerait qu'ils aient été le fait d'une seule personne... Moi-même !

Oui mais, moi, je suis perdu !

BISCUITS ET JUS DE CANNEBERGES

L'envie me prend de faire pipi. Mais je ne peux pas m'éloigner, mes mains refusent de lâcher la barre. 125 revient sur mon nez.

– Karango n'abandonne jamais la barre, explique-t-elle.

J'ai beau me débattre pour essayer de me libérer, mon corps reste fidèle au poste.

– Oui mais j'ai faim !

– Karango ne peut pas se permettre de perdre de précieuses minutes pour manger, rétorque-t-elle sans s'émouvoir.

J'insiste.

– Je suis fatigué. Je veux dormir !

– Karango ne dort qu'une fois sa mission accomplie, sa cargaison arrivée à bon port.

Franchement ! Il est zélé, ce Karango ! Nous sommes au beau milieu de l'océan. À quelle distance de ce bon port, je ne sais pas. Combien de temps nous faudra-t-il pour y arriver ? Je le sais encore moins. Si ce n'est pas assez pour mourir de faim, ce le sera certainement pour mouiller mes culottes ! À moins que...

– À moins que le bateau s'envole, comme il l'a fait tantôt, dis-je en la regardant avec espoir.

L'abeille reprend tout à coup ses distances. Ma suggestion est tombée dans l'antenne d'une sourde. L'insecte se pose alors sur la roue, entre mes deux mains.

– Il faut que tu saches quelque chose, dit-elle. Tout à l'heure, c'est moi qui ai saisi ton galion par le cordage et l'ai transporté jusqu'ici, en sécurité.

Une petite abeille pas plus grosse qu'une mouche, transporter un énorme voilier entre ses pattes ? Elle a beau en avoir six, je n'en reviens pas.

– Wow ! C'est vraiment fort ! Fais-le encore. Emmène-moi chez moi.

– Je ne peux pas, répond-elle, un peu lasse. Tu ne t'imagines pas l'effort que ça m'a pris. Je suis vraiment épuisée. Et puis, même si je le voulais, je n'en ai pas le droit. Il y a des lois, dans ce monde, qu'on ne transgresse pas.

– Des lois ? dis-je, déçu. Quelles lois ?

La messagère de la reine Fana hésite un peu avant de marmonner :

– N'insiste pas. C'est trop compliqué. Tu ne comprendrais pas. Mais je peux faire quelque chose pour toi. Je vais rester ici et piloter le bateau. Tu pourras faire un tour dans la cabine du capitaine.

Je ne me fais pas prier. Mon étrange corps accepte de laisser la destinée du bateau entre les pattes de l'abeille. Mais le pauvre, il grince de partout et, en plus, il boite ! Les quelques pas qui me séparent de la cabine représentent un réel défi.

– Allez, un petit effort, me dis-je à voix haute, avant de franchir le seuil.

Les choses que je découvre dans la cabine me font complètement oublier mes soucis. Sur une table, parmi les instruments de navigation, un livre est ouvert. Il est gros comme une encyclopédie et aussi vieux, assurément, que mon vieux corps. Dans une colonne, à gauche, des dates sont inscrites. Des commentaires, parfois longs, mais le plus souvent très brefs, figurent à côté. Le cahier de bord du capitaine. Génial !

Je me promets de le lire. De toute façon, j'ai l'impression que je suis ici pour longtemps… Ma curiosité est attirée par quelque chose d'autre. Une magnifique illustration d'un galion, en tous points identique à celui où je me trouve, couvre un des murs. Inscrit en lettres de fantaisie sous le dessin, ce nom : *Le Karango*. Le capitaine et le bateau s'appellent donc de la même façon.

Des informations sont gravées sur une plaque de métal, à côté de l'image. On y parle de dimensions, de tonnage, de matériaux. Le bateau me semble un peu fragile, avec ses parois de verre et ses voiles en toiles d'araignée. J'apprends que le numéro de série du navire est le 186. Il aurait été construit dans le chantier naval de Saint-Tournenrond, au 54 de la rue Des… Je laisse échapper un cri :

– C'est mon adresse !

Ma surprise ne s'arrête pas là. Je poursuis ma lecture, et je me rends compte que le bateau a été lancé le jour même de ma naissance ! Pour couronner le tout, le texte se termine par cette phrase, tout en bas de la plaque : MALHEUR À QUI EFFACERA SON NOM…

C'en est trop pour ma petite tête. Pris de vertige, je me laisse tomber sur la banquette qui sert de lit au capitaine, le bras ballant. Je dois me calmer, je dois me reposer, je dois... Ma main se met aussitôt à remuer, comme si elle cherchait quelque chose sous le lit. En effet, je sens bientôt le contact d'un objet en métal. Je le remonte et découvre une boîte. Je l'ouvre. Elle est remplie de biscuits ! Tiens, tiens, ce cher Karango a ses petits secrets...

Une bonne nouvelle ne vient jamais seule. Dans la cachette sous le lit, je trouve également un cruchon. Je le débouche et le renifle. C'est du jus de canneberges ! La bouche pleine de biscuits, je remercie le vieux loup de mer d'avoir les mêmes goûts que moi. Ma collation me calme peu à peu. Je décide de continuer mon enquête. Je vais chercher le journal de bord et le dépose à ma gauche, sur ma paillasse, là où Woupsie a l'habitude de s'installer sur mon lit. Je l'ouvre à la première page.

Karango ne gaspille pas ses mots : une phrase ou deux pour chaque date. C'est la colonne des jours qui est longue. Celle-ci ne comporte ni mois ni année. Seulement des numéros. Le jour 3427 termine la liste. Rien n'a été écrit à côté.

La majeure partie du texte est du charabia pour moi : courants marins, directions de vents, noms de pays inconnus. Certains commentaires, par contre, m'intriguent.

Jour 2   *Ces vaisseaux de verre censés être invisibles sont la pire invention qui soit.*

Jour 24   *Ces présumés chefs-d'œuvre d'ingénierie navale sont beaucoup trop fragiles.*

Jour 750   *Les pirates ont vite appris à reconnaître nos reflets parmi ceux de la mer.*

Je m'arrête et me surprends à rêver tout haut :

– Les pirates ? De vrais pirates ? Avec le drapeau noir, la tête de mort, et les cris à glacer le sang ?

Comme Karango est avare de description, je poursuis ma lecture.

Jour 2866   *Aujourd'hui,* Le Karango, *dernier des vaisseaux de verre, effectue sa 555e traversée.*

Jour 3004   *Tous les vaisseaux transportant la précieuse cargaison ont été capturés ou sabordés. Tous, sauf celui de Karango, le solitaire !*

La précieuse cargaison… Ces mots emplissent mon cerveau et le ramollissent comme une guimauve sur les braises d'un feu de camp. Mes paupières se ferment. Je m'endors.

X = TRÉSOR

Un chatouillement me tire de mon sommeil. C'est 125.

– Tu n'as pas perdu de temps pour te sentir chez toi, ricane-t-elle, confortablement installée sur le lobe de mon oreille.

Le journal de bord est sur mes genoux. Encore endormi, je le caresse en pensant qu'il s'agit de mon cher Woupsie. Dès que mes doigts touchent le cuir rugueux du livre, ma main se rétracte. Presque aussitôt, des paroles de réprimande sortent de ma bouche, malgré moi :

– Que fais-tu ici ? m'entends-je rabrouer l'abeille. Tu sais bien qu'il ne faut jamais

laisser le navire sans quelqu'un aux commandes ! Retourne immédiatement à ton quart
de travail !

– Ou... Oui, mon capitaine, répond-elle,
visiblement surprise de ma réaction. Mais
mon quart de travail est terminé depuis
plus de trois heures. J'ai pris l'initiative de
mettre le vaisseau sur le pilote automatique
pour venir vous informer de quelque chose
de très important.

– Qu'est-ce qu'il y a ? lui dis-je sur un ton
bourru.

– Suivez-moi, mon capitaine.

Je me lève avec tant de précipitation
que le journal de bord tombe par terre. Le
plancher de la cabine résonne d'un craque-
ment sourd. D'un pas boiteux, je rejoins le
pont du plus vite que me le permettent mes
vieilles jambes.

– Là-bas, regardez !

L'abeille s'élance en ligne droite au-
dessus du bastingage. Pas besoin de m'en

dire plus. Ma main a déjà sorti la lorgnette de la poche de ma veste. Après un long moment à scruter l'infinité des flots, je reste perplexe :

– Je ne vois rien que de l'eau.

– Regardez bien, insiste-t-elle. À gauche. Entre la 677e et la 678e vague.

Je sens soudain tout le sang de mon corps descendre dans mes pieds. Je dois être plus pâle qu'un fantôme. J'en échappe presque ma longue-vue. Il y a là, entre la 677e et la 678e vague, une petite tache blanche. Je la reconnais sans hésiter. C'est mon savon ! Il flotte toujours, à la dérive. À cette distance, il m'est cependant impossible de savoir si la fameuse phrase est effacée ou pas.

– Il faut le rattraper ! dis-je en donnant un grand coup de barre.

Commence alors une chasse au savon qui se poursuit jusqu'au coucher du soleil.

Mais le gibier est malin. Il nous déjoue toute la journée et profite des premières ombres de la nuit pour s'éclipser.

Cette poursuite a eu une chose de bon, au moins. Elle m'a permis d'apprendre à me servir de ce nouveau corps, trop vieux pour moi. J'ai, par exemple, davantage de contrôle sur mes mains. J'ai conquis une certaine liberté de mouvement. Voilà enfin l'occasion de vérifier ce qu'il y a sur le papier dans ma poche. Ça me chicote.

Bien que ma main soit encore un peu réticente, je parviens enfin à déplier le parchemin. Il s'agit d'une carte. On y montre quelques continents que je n'ai jamais vus dans aucun atlas ni sur aucun globe terrestre. Il y a des îles. Des centaines d'îles. Et un X, en plein milieu de l'océan. Dans ma tête, le calcul est simple : X = trésor !

J'en oublie le savon. Mon regard est attiré ailleurs. Je reluque la *précieuse cargaison* que j'ai déjà vue miroiter à travers les multiples épaisseurs de verre sous mes orteils.

125 va pouvoir m'aider. Elle n'aura qu'à tenir la barre pendant que j'irai faire un petit tour en bas... Question d'inspecter l'état du navire, bien entendu.

J'ai beau tourner la tête de tous les côtés. L'appeler gentiment. Lui ordonner de se présenter sur-le-champ. Elle a disparu. Qu'importe ! La mer est calme. Le bateau peut bien se gouverner lui-même, le temps que j'aille satisfaire ma curiosité.

C'est sans compter la réaction du corps de Karango. Ses mains resserrent leur emprise sur la roue de verre. Je tire. Elles poussent. Je pousse. Elles tirent. Puis, finalement, elles lâchent. Victoire ! Sans perdre une seconde, je m'engouffre par l'écoutille.

Un escalier étroit me mène à travers le dédale des entrailles du navire. D'entreponts en galeries sous-marines, ces méandres aussi tortueux que transparents s'arrêtent à une échelle de corde. Elle se balance juste au-dessus du niveau des cales, sombres et humides. D'inquiétants grondements s'en échappent. Je descends l'échelle. En bas, je pose le pied avec précaution sur un bloc de verre presque aussi gros que moi.

Aussitôt, je glisse et m'affale de tout mon long sur le dos. Pauvre corps de Karango ! Il peine à se relever. Tandis qu'il tâtonne dans la demi-obscurité, je m'attarde avec attention au bloc de verre. C'est un cadenas ! Il protège une trappe beaucoup plus petite que lui. Quel important dispositif de sécurité… Il ne peut s'agir que d'une chose : la porte d'accès à la mystérieuse cargaison ! Je vais enfin découvrir le trésor !

Mais comment ? L'énorme cadenas n'a ni serrure ni cadran. Donc, pas de clef, pas de combinaison non plus.

Un bourdonnement familier surgit soudain près de mon oreille. Je sursaute, l'air un peu coupable.

– Tu ne t'attendais pas à me voir ici, à ce que je vois, dit 125. Tu ne t'es jamais demandé non plus ce qu'une abeille peut bien faire au milieu de l'océan ?

À franchement parler, non, je n'y ai jamais pensé. Et puis, je ne sais pas où elle veut en venir. Elle continue :

– Tu vois, je sais comment ouvrir ce cadenas. Mais pour quoi faire ? Karango ne s'intéresse jamais au contenu de ses cales. Son seul souci est de faire son devoir et d'amener à bon port son chargement. De toute façon, cette cargaison, tu devrais la connaître, puisque c'est ton secret.

Mon secret ? De quoi parle-t-elle ? Et puis, où est-elle ? Je regarde partout autour de moi. Elle s'est de nouveau évanouie dans la nature. Avec ses mystères.

Il fait de plus en plus sombre dans le ventre du navire. La nuit approche à grands pas et, avec elle, la peur aussi. De l'autre côté de la coque, dans l'eau, des yeux m'observent comme à travers une lunette déformante. Je ne les vois peut-être pas vraiment, mais ils sont là ! J'en suis sûr ! Voyons, où Karango a-t-il caché un fanal ou une torche, bref, n'importe quoi pour avoir un peu de lumière ! Pendant que je cherche un interrupteur, une consigne du journal de bord me revient. Elle concerne justement la sécurité de nuit. Selon le journal, il faut naviguer dans l'obscurité totale afin de ne pas se faire repérer par les pirates.

Un frisson parcourt les poils de ma barbe. Au même instant, quelque chose tinte dans le noir. Le navire, soulevé par une grosse vague, frissonne lui aussi ! Le tintement cesse, puis reprend. Je me retourne, attiré par ce bruit bizarre. J'avance à tâtons, tel un aveugle, et bute tout à coup sur un meuble. C'est une petite armoire, dont la serrure semble très rouillée. Je tends la main. La porte de l'armoire s'entrouvre sans difficulté. Le son vient de l'intérieur. Serrées les unes contre les autres, des bouteilles s'entrechoquent, en proie à une panique évidente.

J'en saisis une et l'enfouis dans ma poche. Allez, ouste, corps de Karango ! Je m'empresse de regagner le pont supérieur du mieux que je peux.

UN POINT NOIR À L'HORIZON

Enfin, de retour à l'air libre ! Dès que je m'approche de la barre, mes mains se jettent dessus et ne la quittent plus. J'ai l'impression qu'elles m'en veulent d'avoir laissé le bateau à la dérive pendant tout ce temps.

L'abeille n'est plus là pour prendre la relève. Et j'ignore où se cache le pilote automatique dont elle a parlé. Je n'ai pas d'autre choix que de passer la nuit debout, accroché à la barre. J'ai l'air de diriger ce bateau, mais c'est plutôt lui qui me mène. Qui sait où nous sommes rendus ?

Je suis gêné de l'avouer, mais au cours de ces longues heures où je navigue à l'aveuglette, j'appelle ma mère à l'aide au moins vingt fois. Pas trop fort. Dans la nuit noire, mes reniflements sont ma seule compagnie.

Les premières lueurs du matin apparaissent enfin. Le galion se colore d'orangé. Le nouveau jour m'apportera son lot de surprises mais, pour l'instant, mes bras relâchent la tension.

J'ai soif pour mourir ! La bouteille est toujours dans ma poche. Et elle est très tentante. Il fait maintenant assez clair pour voir ce qu'elle contient. Sur l'étiquette apparaît le nom *Miel de rêve* et, juste en dessous, une tête de mort ! J'ai tout à coup beaucoup moins soif…

Je tourne la bouteille. Au verso, il y a cette inscription : *Colorant pour rêves*. Puis, en caractères si petits qu'on jurerait que c'est pour nous décourager de les lire, on en précise l'usage. Le Miel de rêve servirait à colorer les rêves à l'état brut, de forme solide, liquide ou gazeuse, de même que les distributions matinales du Marchand de Sable. Ce miel, peut-on lire encore, a fait ses preuves. Il suffit d'en verser une ou deux gouttes sur son oreiller pour redonner toute leur souplesse et leur vitalité aux produits de l'inconscient. La liste des ingrédients se résume à ceci : du miel pur à 100 % des abeilles de la reine Fana.

La dernière chose dont j'ai besoin en ce moment, c'est de colorant pour mes rêves. Ils sont assez colorés, merci ! Je m'apprête à envoyer la bouteille par-dessus bord. Mais le poil de ma barbe frémit. Mon bras échappe à mon contrôle, s'arrête sur le champ et m'empêche de jeter la bouteille. Mon corps se met à trembler. De toute évidence, le vieux Karango s'oppose à ce que je me débarrasse de son chargement.

Pourquoi ? Si ces bouteilles étaient si précieuses, ne seraient-elles pas enfermées dans les cales, derrière le gros cadenas ?

Et si 125 avait quelque chose à voir avec ce qui m'arrive ? Elle s'est présentée à titre de messagère de la reine Fana. Elle a certainement une petite idée de ce que je fais ici et doit savoir où ce bateau va m'emmener. Il faut que je lui parle. Où peut-elle bien se cacher ?

Avec la permission de mon vieux corps, je remets la bouteille dans ma poche. À la place, je sors la longue-vue.

Quelle chance ! Entre le ciel et l'eau, j'aperçois un point noir à l'horizon. Mais ma joie d'avoir repéré mon amie cède rapidement place à l'étonnement. Puis à l'inquiétude. Là-bas, parmi les lueurs du soleil levant, le point noir grossit. Ce n'est pas 125. Bientôt, je peux même distinguer, peinte sur une voile, une tête identique à celle sur la bouteille. J'en échappe ma lorgnette, que je rattrape au vol par miracle. Mon vaisseau de verre me semble tout à coup si fragile. Un peu plus et j'allais le fracasser avant même l'arrivée des pirates !

Mes deux mains lâchent d'elles-mêmes la barre. Elles se joignent pour faire une courte prière qu'elles finissent par un signe de croix.

La prière est rapidement exaucée. J'entends le bourdonnement de 125. Elle se pose sur mon nez et commence à me sermonner :

– Tu vois ce qui arrive quand on ne fait pas attention ? On se fait prendre par le premier rayon de soleil venu et on se fait repérer par les pirates !

Je suis tout honteux. Le grand capitaine Karango a réussi plus de 555 traversées sans anicroche, et voilà que moi, j'arrive et me fais prendre dès le premier jour. Je marmonne mes excuses.

– Tu n'as pas à t'excuser, dit l'abeille. Je sais ce que ton cœur désire. Il aimerait découvrir un trésor. J'ai même décidé de t'aider. Voilà pourquoi je me suis absentée un peu.

– Youppi ! Merci, 125 ! Viens me faire un gros câlin !

Mes exclamations n'ont pas grand effet sur l'insecte.

– Non, sans façon, dit-elle sèchement. Les pirates approchent. Il faut agir vite. Allez, viens !

Elle s'envole aussitôt vers l'escalier menant aux cales du navire. Mes mains ne se font plus prier pour me laisser la suivre.

Est-ce la chaleur du jour qui augmente ? Plus je descends et plus l'atmosphère se fait lourde dans les entrailles du voilier. 125 m'a devancé et m'attend au-dessus du gros cadenas. Du bout de ses antennes, elle exécute quelques mouvements sur le loquet, qui s'ouvre d'un coup. Je dégage la lourde serrure. Puis, j'ouvre la trappe.

– La bouteille, maintenant ! Verse trois gouttes en bas.

Je débouche la bouteille et penche son goulot au-dessus du trou. Le liquide refuse d'abord de sortir, comme du ketchup. Je secoue la bouteille. Je sue à grosses gouttes. Enfin, le miel s'écoule. Un cri horrible ébranle le navire de fond en comble. La structure de verre se lézarde et la tête d'un gigantesque oiseau émerge de la cale ! Son plumage est plus noir qu'une nuit sans étoiles. Dans ses yeux brûlent des flammes qui doivent être celles de l'enfer !

À coups de bec et de serres, le monstre agrandit la brèche. Il brise tout sur son passage. Il se fraie un chemin au milieu du verre brisé jusqu'au pont. Le galion flotte toujours, mais les dégâts doivent être considérables. Je prends ma tête de Karango

entre mes mains. Avant qu'elles ne me tor-
dent le cou…

Tout s'obscurcit soudain. Je lève la tête.
À l'extérieur, l'oiseau a déployé une paire
d'ailes si grandes qu'elles emplissent le
ciel. Il lâche de nouveau son terrible cri,
puis il s'envole.

Une odeur de roussi me pique les nari-
nes. C'est ma barbe. Le bout des poils a
brûlé. Autour de nous, une mer enragée
remue le bateau.

– Le pilote automatique a perdu le nord !
s'écrie 125, que j'avais presque oubliée.
Vite, remontons !

C'est facile à dire pour elle. Mais, pour
moi, c'est une autre histoire. L'échelle de
corde a été arrachée. 125 m'agrippe par le
collet crasseux de mon uniforme et me
soulève jusqu'au pont le plus proche. La
situation n'y est cependant guère plus
reluisante. Le terrible rapace a tout saccagé

dans sa fuite. L'abeille m'indique alors un autre chemin, juste assez large pour nous mener à destination. Il conduit à une trappe dissimulée dans le plancher de la cabine du capitaine.

Aussitôt sorti, je me précipite à la barre. Des vents féroces se débattent dans les voiles, tels des fauves pris au piège. Dans un bruit assourdissant, la pluie s'abat sur nous. Je me démène avec efficacité. J'ai l'impression d'être partout à la fois. À la barre, aux cordages, mes mains étrangement expérimentées tiennent le cap. Mais pour combien de temps ? Le bateau des pirates est maintenant à quelques encablures. J'entends même leurs jurons.

Le dessin dans la cabine montrait que le galion est armé de canons. Un boulet bien placé tiendrait l'ennemi en respect. Karango doit savoir comment s'en servir. Malheureusement, le capitaine semble avoir un autre plan. Il resserre plutôt son emprise sur la barre. Mes bras, mes jambes tiraillés ne savent plus à qui obéir. Les pirates en profitent pour se rapprocher. Ils s'apprêtent à monter à l'abordage.

La pluie redouble. De toutes ses forces réunies, mon corps se cramponne à la barre. Un coup de vent plus violent que les autres fait tout à coup pencher dangereusement le navire. Je le sens prêt à se fendre comme une cacahuète. En un battement de ciel, la nuit devient jour, puis le jour redevient nuit. C'est à ce moment que je l'aperçois. Entre la crête de deux immenses vagues, l'Oiseau Tonnerre est là. Il me regarde. Puis il disparaît aussitôt. Son cri à glacer le sang retentit dans l'obscurité. Il réapparaît alors. Une flèche éblouissante sort soudain de ses yeux et frappe le vaisseau des pirates. Tranché net, leur mât s'effondre. Leurs voiles prennent feu. L'épais rideau de pluie se referme autour du *Karango* et m'empêche de distinguer la suite. Mais je la devine. La mer déchaînée étouffe bientôt tous les appels au secours. Sans laisser de trace.

Le ciel s'allume encore. Entre les deux vagues, il n'y a maintenant plus rien.

Mes muscles se décrispent. Un soleil timide perce les nuages. La tempête s'est calmée aussi rapidement qu'elle avait commencé. Elle semble avoir vidé la mer de la moindre parcelle de vent. Le galion est immobile.

Je sens un picotement sur mon bras. C'est 125. Elle s'était réfugiée dans ma manche. En voilà une au moins qui ne risque pas d'attraper la bronchite !

— Nous l'avons échappé belle. Tu vois maintenant pourquoi Karango n'ose pas quitter la barre et s'aventurer trop loin dans le bateau, dit-elle, taquine.

– Mais... Mais, ce monstre, c'était quoi ?

Je suis encore secoué. Ma vieille voix trébuche.

– C'était un rêve, répond-elle plus sérieusement.

– Un cauchemar, tu veux dire...

– Un cauchemar qui t'a sauvé la vie, mon ami. Et puis, rêve ou cauchemar, c'est la même chose. La créature que tu as vue est l'Oiseau Tonnerre. Les Indiens des plaines y croient depuis toujours. Ils attendent qu'il déploie ses ailes pour le suivre. À la chasse, à la guerre ou à la paix. Tu as pu constater sa force. C'est celle de leur rêve. C'est ce qu'ils ont de plus précieux. Leur trésor. Et toi, quel est le tien ?

Je ne réagis pas tout de suite. Je ne suis pas un Indien des plaines. Qu'est-ce que j'en sais, de leur trésor, moi ?

125 vient se poser délicatement sur mon oreille et me murmure :

– Je vais te dire un secret. Toi et moi, nous ne sommes pas ici par hasard. En ce qui me concerne, la reine Fana m'a envoyée protéger *Le Karango*, car il transporte les dernières gouttes de notre miel. Ce sont elles que les pirates recherchaient. Ils auraient coulé le navire sans remords pour mettre la main sur les dernières bouteilles !

– Pourquoi ? Ils rêvent encore en noir et blanc ?

– Non. Ils revendent notre miel à prix d'or. Aux Empailleurs de rêves, par exemple. C'est le nom d'une société très secrète qui veut nettoyer le monde de tout ce qui est imprévisible. Des rêves, en premier lieu. Ces fous croient qu'une fois qu'ils auront percé le secret de notre miel, ils pourront voir dans la tête des gens aussi clairement que sur un écran géant. Et, quand on sait ce qui se passe dans la tête de quelqu'un, on peut plus facilement le contrôler.

– Je rêve à ce que je veux, moi ! Jamais personne ne contrôlera ce qui se passe dans ma tête !

– Bravo, François ! Euh... Je veux dire Karango, ajoute-t-elle avec précipitation.

Trop tard.

– Qu'est-ce que tu as dit ? Répète ! Tu viens juste de m'appeler François ! Tu connais mon nom !

– Nnnon... dit 125 en quittant mon oreille. Tu as dû mal entendre. Calme-toi un peu. Je n'ai pas fini de t'expliquer la raison de notre présence ici. Notre espèce est en voie d'extinction et notre reine veut être certaine que personne ne s'emparera de ces bouteilles...

– Et qu'est-ce que je peux bien avoir à faire là-dedans, moi ?

– Mais j'y viens ! s'impatiente à son tour 125 en s'agitant sur mon nez qu'elle remonte, lentement. Ce que j'essaie de te dire, c'est que la reine Fana veut que personne ne s'empare du miel... Personne d'autre que toi !

– Quoi ?

Elle virevolte maintenant autour de moi comme si j'étais un pissenlit.

– Mais, pour cela, tu devras découvrir ton secret. Ton trésor.

Je sens une brise dans ma barbe. Mes mains reprennent la barre. Le navire se remet en marche.

ÇA BOUGE EN DESSOUS...

Nous voyageons sans problème depuis plusieurs semaines. Après la tempête, 125 a refermé le cadenas de la cale. J'ai sorti la carte de ma poche, et nous tentons depuis de suivre le plus fidèlement possible le chemin tracé vers le trésor. L'abeille et moi faisons une formidable équipe. Je profite de l'expérience de mon corps de vieux loup de mer pour tourner chaque vague, chaque vent à notre avantage. Elle, de son côté, part en reconnaissance sur les flots inconnus.

Malgré notre bonne entente, je ne peux pourtant m'empêcher de trouver que 125 fait un peu trop de mystère. Elle devient étrangement évasive dès que j'aborde certains sujets :

– Je ne t'ai jamais vue manger, remarqué-je un jour.

– C'est possible.

Je tente une subtile diversion.

– Tu sais pourquoi il y a une tête de mort sur l'étiquette de la bouteille ?

– J'ai oublié.

– En bois-tu ?

– Je ne sais pas.

Décidément…

– D'où viens-tu ?

– Je ne sais plus.

Moi, je n'en peux plus. Ma curiosité est à vif. Un soir, pendant que l'abeille est partie en éclaireur, je retourne dans le passage secret. Excité et nerveux, je descends jusqu'au fond du navire. Les bouteilles sont toujours là. Il y en a une demi-douzaine. Le cadenas, lui, est bien fermé. Je n'ose toucher ni à l'un ni à l'autre. Le nez collé sur l'épaisse paroi de verre de la cale, j'essaie de distinguer ce qu'elle peut bien renfermer. Tout ce que je peux dire, c'est que ça bouge…

Le temps presse. 125 sera bientôt de retour. Je remonte.

Quand j'arrive sur le pont, mon copilote est déjà là.

– Je… Euh… Je cherchais des fleurs pour que tu les butines, balbutié-je pour tenter de justifier mon absence.

Mais elle n'a rien à faire de mes excuses. Elle vole en zigzag partout autour de moi. Elle m'étourdit. On dirait un poulain fou de joie qu'on laisse gambader dehors pour la première fois, au printemps. Je sens qu'elle a découvert quelque chose, mais elle est trop énervée pour me le dire. J'empoigne ma longue-vue. Cette fois, je vois tout de suite où elle veut en venir. Gonflé de fierté, je m'écrie :

– Incroyable ! Une terre est en vue !

125 se plante devant ma lentille. À grand renfort de gestes, elle me fait comprendre de regarder dans l'autre direction.

Je me retourne. Elle est là, la raison de son excitation : c'est ce misérable savon !

– Il n'a pas encore fondu, celui-là ? fais-je, cachant mal mon exaspération.

– Je ne te comprends pas, rétorque 125. Depuis que tu l'as vu la première fois, tu tiens à retrouver ce savon comme si ta vie en dépendait. Et voilà que tu changes complètement d'avis !

– Il faut que tu admettes qu'un savon, comparé à un continent, ce n'est pas très excitant… De quel continent est-ce qu'il s'agit, au juste ?

L'abeille, bonne joueuse, revient se poser sur mon oreille.

– Rien sur la carte ne l'indique, dit-elle. Ce morceau de terre est tellement petit qu'il ne doit même pas avoir de nom.

La nuit commence à tomber. Il m'est difficile de voir à quoi ressemble ce nouveau monde.

L'œil rivé à la lorgnette, je devine la présence de récifs à fleur d'eau. Karango a beau être le meilleur des capitaines, je ne risquerai pas mon galion dans ce piège. D'un commun accord, 125 et moi décidons de mouiller l'ancre. Nous attendrons au lendemain pour partir en exploration. Ce sera plus sûr.

– D'ici-là, dis-je, il faut fêter ça ! Moi, avec du jus de canneberges et des biscuits. Et toi... avec je ne sais pas trop quoi.

Nous rions et chantons jusque tard dans la nuit. Nous oublions complètement le savon.

SI LES MARINS SAVAIENT NAGER

Terre, il faut le dire bien vite...

Au lever du jour, nous mettons une chaloupe à l'eau. Avec la carte, nous avons refait nos devoirs. La fameuse terre en question, selon tous nos nouveaux calculs, devrait correspondre à l'Irlande. Quelle blague ! C'est plutôt un amas de rocs et de falaises. Les vagues, et de nombreux bateaux sans doute, viennent s'y briser. Pas de quoi fouetter un chat, du moins, pour le grand capitaine Karango.

Je m'apprête à rebrousser chemin lorsqu'un son, très faible, passe à travers l'épaisseur de ma barbe et me touche droit au cœur. Là-bas, en haut de la falaise, un chien jappe. Dès que je l'aperçois au bout de ma lorgnette, je le reconnais.

125 s'agite soudain.

Je prête une oreille distraite à ses explications farfelues où il est question de chiens errants, de côtes irlandaises, de brumes islandaises et de l'Oiseau Tonnerre. Les yeux rivés à la boule de poils, je n'ai qu'une seule certitude : ce petit animal, c'est Woupsie, mon chien adoré. Peu importe comment il a glissé entre les mains du destin !

Mon corps s'emplit soudain d'une force extraordinaire. En quelques coups de rame, je fais demi-tour et accoste au pied de la falaise. Je suis moi-même surpris de la vitesse avec laquelle je gravis la paroi. Je récupère le petit paquet de poils perché tout en haut et l'enfouis dans le creux de ma veste. Une demi-heure plus tard,

Le Karango lève l'ancre avec un nouveau passager à son bord.

Woupsie se sent chez lui. Il court partout sur le bateau. Grâce à mes bons soins, il reprend en quelques semaines du poil de la bête. Je recommence à lui montrer à faire le beau, à exécuter des pas de danse et même des pirouettes. Lui et moi redevenons inséparables. Comme... avant.

Même les mains de Karango délaissent la barre plus souvent qu'à leur tour pour jouer avec lui. Je suis tellement heureux que je ne me rends pas compte que les présences de l'abeille, elles, se font de plus en plus rares. Un soir, cependant, je sens une paire d'antennes frotter le dos de ma main. C'est elle.

– Je dois te quitter, dit 125 en levant ses antennes. Mes conseils te passent dix ruches au-dessus de la tête. Depuis que tu as retrouvé ton chien de poche, tu as perdu la raison. Comme s'il n'y avait aucun danger pour te menacer. Mais, après tout, c'est peut-être moi qui ai tort... Tu peux continuer ta mission sans mon aide, maintenant. Bonne chance !

Elle ne me laisse pas le temps de répondre. J'ai mille questions à lui poser. Mille choses à me faire pardonner. Les mots se bousculent dans ma bouche, mais aucun n'en sort. Dans l'obscurité océane, 125 s'en va. Je n'ai pas su la retenir. C'est ma faute. Je le sais.

Un jappement étouffé me tire de mes pensées. Woupsie ! Je l'ai perdu de vue !

Un vent de panique se propage dans mon corps. Comme Karango lorsque le bateau approchait le bout du monde, je me multiplie. Je cours sur le pont, partout à la fois. Les rayons de la pleine lune me permettent de surprendre une minuscule boule grise en mouvement, sous mes pieds. Woupsie a découvert le passage secret vers la cale !

Je me lance à ses trousses. Mais le corps de Karango me rappelle à la réalité. Le miracle du sauvetage en chaloupe ne se reproduira pas. Je n'arriverai pas à rattraper mon chien. Le petit fouineur a déjà dévalé les étages inférieurs et déniché l'armoire aux bouteilles quand j'arrive enfin derrière lui.

– Nooon !

Trop tard. D'un coup de patte, il l'ouvre et renverse les bouteilles à l'intérieur. L'une après l'autre, elles tombent et se fracassent sur le plancher. Toutes sauf une que je réussis à rattraper de justesse et à enfouir dans ma poche. Le miel se répand en une grande flaque gluante sur le sol. Heureusement, la trappe de la cale est encore fermée, et le cadenas, bien en place. Je saute sur Woups au moment il s'apprête à plonger le museau dans le liquide mortel.

– Espèce d'étourdi ! Tu as failli y passer !

Pendant que je semonce mon chien, en essuyant ses pattes sur le bord de mon uniforme, le contenu des bouteilles s'infiltre par les fissures dans le verre. Celles-là mêmes qu'a causées l'Oiseau Tonnerre au cours de son évasion. Le Miel de rêve s'égoutte dans la cale.

Un violent tremblement secoue tout le navire. Les os de mon squelette jouent des castagnettes. Woupsie, tel un malfaiteur, s'échappe. Je suis impuissant à le rattraper. Le plus spectaculaire feu d'artifice n'est qu'un pétard mouillé en comparaison de ce qui s'ensuit. Le cadenas de la cale, sous la pression de créatures plus fabuleuses les unes que les autres, éclate en millions de morceaux incandescents. Certaines sont d'une beauté sans nom. La plupart me donnent la chair de poule du seul fait d'en parler. Toutes partagent le désir de s'échapper. Fuir au plus vite leur prison et rejoindre l'infini de la nuit.

Une énorme brèche traverse de bord en bord la structure du navire. L'eau noire s'engouffre de partout. Dans un sifflement épouvantable, les mâts incandescents s'écroulent autour de moi. Des éclats de verre me frôlent. Mon heure n'est pourtant pas venue. Je patauge dans un bouillon de voiles comme dans les replis de toiles d'araignées préhistoriques.

En quelques instants, il ne reste plus rien du magnifique galion. Rien, sinon de rares bulles, là où il a fendu sa dernière vague. Incrédule, je tâte mes bras, ma barbe de Karango. À part les manches de mon uniforme, à demi-brûlées par l'explosion, je suis indemne. Dans l'eau, mais sain et sauf. Mes mains se cramponnent à une bouée de sauvetage, mais une seule pensée m'obsède :

– Woupsie ! Wouououououpsie !

Mais la nuit est aussi silencieuse que le jour où l'Oiseau Tonnerre a coulé le bateau des pirates. Seul un léger tourbillon indique l'endroit où mon vaisseau a sombré. Je m'en approche en ramant avec mes bras. Dans un geste désespéré, je plonge. Parmi les ombres, tout au fond, j'ai cru deviner celle de mon chien.

Hélas, c'est une fausse piste. Le temps de reprendre mon souffle, je m'apprête à réessayer. Il y a cependant un problème. Je m'aperçois brutalement que la bouée à laquelle je m'agrippe n'est qu'un reflet de lune... et que Karango, en bon marin, ne sait pas nager ! Moi, j'ai appris, à la piscine du quartier ! Je veux bien nager, mais comment faire obéir ce vieux corps dont j'ai hérité ?

Le temps me manque. Saisi de panique, je commence à me débattre.

– Au secours ! Je me noie !

Il n'y a évidemment personne pour entendre mes cris. Quelque chose, soudain, s'enroule autour de mon pied. Une algue ?

Un tentacule ? Je le secoue de toutes mes forces. Bonne nouvelle : mon corps commence à se rappeler mes cours de natation. Mais plus il s'agite et plus il se fait tirer vers le fond !

– Du calme, Karango, me dis-je. Du calme...

Je prends une bonne respiration. Voyons voir de quoi il s'agit. J'empoigne la chose à deux mains. Elle se laisse remonter à la surface. Ce n'est ni une algue carnivore ni le tentacule de quelque poulpe géant. C'est une ligne dans laquelle je me suis emmêlé. Une ligne bleue.

J'étire le cou. C'est bien ce que je pensais. Je tiens entre mes mains nulle autre que la ligne de la fin du monde. Elle s'étire, en dents de scie, jusqu'à l'horizon.

Au point où j'en suis, je n'ai rien à perdre. Je décide de remonter la ligne pour arriver quelque part. Au bout du monde ou sur la terre ferme. N'importe où...

Bien décidé, j'étends un bras et je tire. Un autre bras. Et je tire encore.

– Ho ! Hisse ! Ho ! Hisse !

J'avance ainsi, à fleur d'eau, d'une dizaine de mètres, quand une vive douleur me fait lâcher prise.

– Cré jus de sauterelle ! La ligne m'a piqué !

Je retire vivement ma main et découvre, sur la ligne bleue, une petite tache noire et jaune. C'est 125.

– Pardonne-moi ! implore-t-elle, ses antennes brisées par le creux de ma paume. J'étais si fatiguée, je devais me poser... Je n'ai pas eu le choix...

– Je sais. C'est ma faute. Tu... Tu n'es pas trop abîmée ?

– Pas trop.

J'ai déjà entendu dire que, peu de temps après avoir utilisé leur dard, les abeilles sont condamnées à mourir. Mais mon abeille est une super-abeille. Elle a sauvé mon galion de la fin du monde. Elle m'a aidé à vaincre les pirates. Rien de mal ne peut lui arriver. C'est impossible. Réconforté par cette idée, je lui demande :

– As-tu vu Woupsie ?

125 me regarde un moment faire du surplace, avant de répondre :

– Tu es dans la bonne direction, François. Continue...

Et avant que je ne puisse réagir, elle s'envole. L'obscurité de la nuit l'entoure aussitôt. Soudain...

– Ahouuuuuh ! Ahou ahou ahouuuuu !

Un hurlement déchire le silence. Ce n'est ni celui d'un chien ni tout à fait celui d'un loup. Il semble provenir du reflet de lune qui continue à me suivre de près. Fidèlement.

Un minuscule point noir fait son apparition au milieu du reflet. Je reconnais 125, à bout de forces. Elle tombe, sans aucune éclaboussure, au centre du cercle blanc... que j'avais pris pour une bouée de sauvetage. Un tout petit choc qui éveille en moi un sentiment inconnu.

Et à mon tour, je hurle à la lune qui me regarde, sans dire un mot. Peu à peu, le silence marin m'entoure. J'empoigne à nouveau la ligne bleue.

EN BOUT DE LIGNE

Mètre après mètre, coudée après coudée, je tire sur la ligne. Après plusieurs heures à me battre contre cette mer qui n'en finit plus, j'aperçois une lueur au loin. Au fur et à mesure que j'avance, la lueur se transforme en un groupe de plusieurs sources lumineuses. Un bateau, ou peut-être même un village côtier de pêcheurs. Le cœur me débat. J'augmente la cadence.

Je continue de souquer ferme sur la ligne, me pliant aux caprices en zigzag de ses dents de scie.

– Ho ! Hisse ! Ho ! Hisse !

Est-ce moi qui n'avance plus ? Ou la ligne qui s'allonge chaque fois que je tire ? Malgré mes efforts, les lumières ne se rapprochent plus. Pas même d'un cheveu.

– Ho ! Hisse ! Hé ! Bout du monde, montre-toi donc ! Fais donc voir ce que tu as dans le ventre !

Une longue plainte répond à mon cri.

– Ahouahouuuuuuuuuuuuuuuuuh !

Le hurlement ressemble de moins en moins à celui d'un chien. À bout de nerfs, je me retourne vers le reflet de lune. Qui se fige.

– Tu ne reconnais pas la voix de Woupsie ? Ne voulais-tu pas avoir de ses nouvelles ?

À qui appartient cette voix, si douce ? Mon regard se heurte à un mur blanc. Une main se tend vers moi.

– Monte, reprend l'inconnue. Il y a longtemps que je t'attends.

On me hisse sur le dos d'une espèce de baleine métallique. Cent fois plus dure que la terre. Mille fois plus lisse que le roc. Une femme, coiffée d'une couronne de fleurs, est assise à une table. Une multitude de bougies y brûlent et éclairent son visage. Mon cœur arrête de battre. Il y a si longtemps que je n'ai vu un être humain ! Elle me fait signe d'approcher. Je remarque qu'elle tient à la main une plume. Une ligne bleue y est reliée. Elle longe le flanc de la baleine, jusque dans la mer.

– C'est bien celle qui t'a conduit ici, confirme la dame en voyant mon air ahuri. La ligne du bout du monde. Des mauvaises langues ont raconté qu'elle était dangereuse. On l'a donc catapultée au beau milieu de l'océan, à des milliers de kilomètres de toute vie humaine. Mais elle n'est qu'à une longueur de plume de tout rêveur. Moi, je ne fais que la récupérer.

– Qui êtes-vous ?

La dame esquisse un bref sourire. D'un ton solennel, elle répond :

– Je suis la reine Fana. La dernière de mes messagères vient de disparaître. Il nous est devenu impossible, à mes abeilles et à moi, de vivre à l'abri de la convoitise des humains. Votre race a perdu son habileté à rêver. Elle a trouvé dans notre miel de quoi nourrir ce besoin vital sans effort. Mais son appétit est féroce, sans limite. Il détruit tout sur son passage.

– Mais vous êtes humaine, vous aussi.

La reine sourit encore.

– Il ne faut pas se fier à l'apparence corporelle. Toi-même, n'es-tu pas quelqu'un d'autre que le capitaine Karango ?

La reine souffle alors sur une des bougies devant elle. Je sens aussitôt tous mes muscles, mes os, ma peau s'étirer puis se relâcher d'un coup sec. Comme un vulgaire paquet d'élastiques. PLING ! Karango s'envole soudain et disparaît dans les profondeurs de la nuit. Je me retrouve seul avec le corps de François Côté. Le mien !

La reine pousse un soupir, puis dit :

– Il a rejoint les autres créatures que tu as libérées. Je dois bientôt les suivre, moi aussi. Mais avant, je dois te dire quelque chose de très important.

Oh non ! Que va-t-il m'arriver encore ? Je ne peux m'empêcher de craindre la suite des événements.

La reine Fana lit mes pensées.

– Ne crains rien. Je tiens seulement à te féliciter. Regarde ici.

D'un geste souple, elle sort de sous la table un objet étincelant qu'elle pousse vers moi. Et avant même de le prendre dans ma main, je le reconnais :

– La bouteille ! La dernière bouteille de miel ! Je me rappelle ! Je l'avais mise dans

ma poche avant… avant… avant de perdre tout ce que j'avais. Mais comment…

– … a-t-elle abouti ici ? termine pour moi la reine. C'est ce bon Karango. Il s'est assuré qu'elle arrive à destination.

La tristesse me submerge, et je sens les larmes me venir aux yeux. Je déclare, le cœur gros :

– Au moins, vous, vous n'avez pas tout perdu.

La reine me considère avec tendresse avant de prononcer ces mots surprenants :

– Mais toi non plus, François, tu n'as pas tout perdu. Vois plutôt.

Elle pointe sa plume vers mes pieds. De prime abord, je ne vois rien. Elle insiste. Je me penche. Il y a là, en effet, une inscription gravée dans la surface polie : MALHEUR À QUI EFFACERA CES MOTS : COURAGE. RÊVE.

La phrase du savon ! Pas encore celle-là… Mais… C'est la première fois que je vois vraiment les mots en question !

– Je dois te féliciter, mon garçon. La phrase est toujours là. Elle t'a suivi, tout au long de ton voyage. Parfois de loin. Parfois de si près que tu ne l'as pas vue. Mais elle ne s'est pas effacée. Tu as rempli ta mission.

– Je ne savais même pas que j'avais une mission.

– Oui. Et une très grande. Tu as non seulement sauvé nos dernières gouttes de miel, tu as aussi libéré nos rêves. Et tu as fait preuve d'un grand courage durant toute ton aventure. Tu peux être fier de toi.

– Ahouuuuuuuuuuuuuuuuuhouuuuh !

Cette fois, impossible de se tromper, il s'agit d'un loup. Une question me brûle la langue :

– Woupsie ? Où est Woupsie ?

J'entends frapper.

– François ! crie-t-on. Sors de la salle de bain ! Ça fait une heure que tu es enfermé.

Je me retourne vers la reine Fana. Elle a soufflé d'un coup toutes les bougies. Il ne reste plus qu'une ligne bleue qui tourbillonne dans le trou de la baignoire. Et disparaît.

Des jappements se joignent aux voix.

– François ! Ouvre la porte tout de suite !

– Attendez une minute !

Prise entre deux vitres de la fenêtre de la salle de bain, une abeille bourdonne déses-pérément. D'un coup de pouce, je la laisse filer. Puis j'ouvre la porte.

TABLE

L'AUTEUR

MICHEL PIRRO a toujours eu un seul objectif dans la vie. Celui de raconter des histoires. N'importe où, n'importe quand. À ses enfants, à ses élèves et à ses amis. Il l'a fait à la radio, sur les planches obscures de la Place aux Poètes, dans la rue et même devant des chaises vides ! Avec la publication de son livre au Loup de Gouttière, il marque enfin son premier but. Il faut dire qu'il a toujours joué à la défense…

L'ILLUSTRATRICE

MICHELLE DUBÉ aime l'eau. C'est peut-être parce qu'elle est née sur les bords du lac Témiscouata ! Elle a étudié beaucoup et longtemps : en philosophie, en histoire de l'art et en communication graphique. Sa tête est bien remplie, et ses journées aussi ! Elle dessine presque tous les jours sauf quand son chien, Scapin, lui vole ses crayons et l'emmène jouer dehors !

Achevé d'imprimer au Canada
en septembre 2006 sur les presses de Quebecor
World l'Éclaireur/St-Romuald.